"爱·智慧"世界著名民间故事　　　　　　　　　　　中国民间故事

有魔力的桶

[法] 贝亚特丽斯·塔纳卡 改写/绘画

邢培健 译

復旦大學出版社

在很久以前的中国，有个老实的箍桶匠，他每天都很辛苦，没日没夜地工作。
　　但是，虽然他卖力工作，还有妻子和年迈的爷爷在帮他，他还是特别穷。

　　一天，他在田里捡到了一个被人丢弃的破木桶。

箍桶匠想着能把桶修补好，就把它带回了家，请妻子帮忙清理。

妻子细心地擦呀擦，刷呀刷，一不小心把刷子掉进了桶里。

神奇的事情发生了……

而且，把桶倒空后，桶里又装满了刷子！

你觉得箍桶匠该怎么做呢?
他自然开始卖刷子了。

没过多久，他就拥有了一栋舒适的房子，房子里有间大厨房，还有花园、果园和鸡舍。

因为总是吃妻子做的鸡肉、鸡蛋和果酱，他还有了一个圆圆的肚子。

没人再提起老实的箍桶匠。

人们只认识这位了不起的刷子商人。

一天晚上,给一位顾客找钱的时候,他不小心把一枚铜钱掉进了桶里。

神奇的事情发生了……

木桶里的刷子一下子消失了,变成了满满一桶铜钱!

而且,把桶倒空后,桶里又装满了铜钱!

你觉得刷子商人该怎么做呢?他自然开始借钱给别人。

然后他成了钱庄老板。

没过多久,他就拥有了一家大钱庄和一栋漂亮的房子,还有马和马车。他只用瓷盘子吃精致的饭菜,只用金杯子喝水。

没人再提起刷子商人,人们只认识这位了不起的钱庄老板。

可是,他越有钱,就越想要更多的钱。
而桶里的钱怎么取也取不完……

因为这位老板只相信自己的家人,所以他们三个——钱庄老板、他的妻子、他的爷爷,就轮流从桶里取钱出来。

上午是老板取……

下午是他妻子取……

晚上是他爷爷取。

如果老人家动作慢了,如果他没能在第二天天亮前取出至少十口袋铜钱,他就会被责骂,没饭吃,饿着肚子被赶上床睡觉。

一天晚上,因为又饿又累,爷爷一下子栽进了桶里,死了!

可怕的事情发生了……
木桶里的铜钱一下子消失了,变成了满满一桶死去的爷爷!

人们举行隆重的葬礼,把爷爷们埋葬,因为他们是钱庄老板的爷爷。

无情的木桶一次次地装满死去的爷爷,而不是铜钱……

钉着银钉的灵车排着长队,一辆接着一辆从钱庄前驶过,一眼望不到边。

田地、马匹、马车都被卖了,用来支付丧葬费。

房子空了。

瓷器、金杯子、漂亮的衣服……都用来支付丧葬人员的工钱。

最后房子也被卖了……

当最后一枚铜钱,也就是卖第一把刷子挣到的那枚铜钱也被花掉的时候,木桶碎成了千万片。

图书在版编目（CIP）数据

有魔力的桶 /［法］贝亚特丽斯·塔纳卡 改写、绘画；
邢培健译. -- 上海：复旦大学出版社，2019.4
（"爱·智慧"世界著名民间故事）
ISBN 978-7-309-14209-9

Ⅰ.①有… Ⅱ.①贝… ②邢… Ⅲ.①儿童故事－图
画故事－法国－现代 Ⅳ.①I565.85

中国版本图书馆CIP数据核字(2019)第042656号

Le tonneau enchanté by Béatrice Tanaka
© Kanjil, 2017
Simplified Chinese edition arranged through Dakai – L'agence
上海市版权局著作权合同登记字：09-2018-782

有魔力的桶

［法］贝亚特丽斯·塔纳卡 改写/绘画　　邢培健/译
责任编辑/谢少卿　　　故事录音/余微
歌词/作曲/演唱/胡瑛婷　　美术活动设计/吴珺

复旦大学出版社有限公司出版发行
上海市国权路579号　邮编：200433
网址：　fupnet@fudanpress.com　　http://www.fudanpress.com
门市零售：86-21-65642857　　团体订购：86-21-65118853
外埠邮购：86-21-65109143
上海盛通时代印刷有限公司

开本 889×1194　1/32
2019年4月第1版第1次印刷

ISBN 978-7-309-14209-9/I·1136
定价：28.00元

如有印装质量问题，请向复旦大学出版社有限公司发行部调换。
版权所有　侵权必究

扫一扫
下载美术活动方案

扫一扫
看视频、学律动

扫一扫
听故事和音乐

"爱·智慧"世界著名民间故事 系列绘本